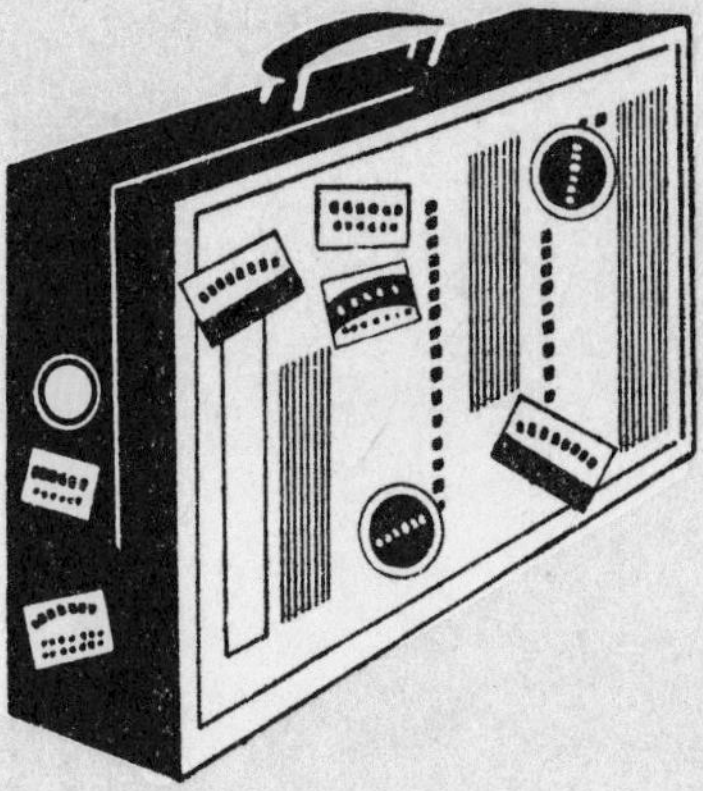

角川書店

森田純一郎

句集

旅懐

句集・旅懐

目次

装丁●大武尚貴
カバー●扉イラスト
CSA Images/CSA Images/
gettyimages
本文デザイン●ベター・デイズ

句集
旅懐

I

平成二十五年

一誌継ぐ決意に東風の強きかな

啓蟄のもの探すかに象の鼻

池に沿ひあるいは沿はず青き踏む

修二会果て湯屋の扉固く閉ざさるゝ

種物屋四天王寺の客に混む

ブティックに数珠も売りたる彼岸かな

この古巣手を加へれば使へさう

燕の巣一つ増えたる駅舎かな

背丈よく揃ひて都踊かな

連歌橋花の頃にも来てみたし

ユトリロの白の絵に合ふ薄暑かな

皮を脱ぐ竹見る我は上着脱ぐ

ピザを焼く匂ひ芳し薄暑かな

風吹けど浮巣全容見せ呉れず

朴の花高きにありてそよがざる

蟻の道途切れさうにて途切れざる

夏至の日の獣園眠るもの多し

餌を食む象見る我は氷菓舐む

父死去

夏の季語増え来し頃や峠逝く

俳徒我れ城には入らず浮巣見る

高取へ続く岨道合歓咲ける
蓮の花咲かせ一画浄土なす

ニューヨーク　五句

すれ違ふ香水強しニューヨーク

摩天楼にも青嵐吹き抜くる

大夕焼マンハッタンを荘厳す

夏痩の耳に英語の呪文めく

万緑の中なる十字墓白し

帰国していなやに浴ぶる蟬時雨

祇園祭山鉾巡行　三句

灼くる地に椅子を並べて鉾を待つ

鉾高く室町通狭きかな

ビルはビル鉾は鉾とし灼けにけり

墨まみれなる手にて選る糶の蛸

ロンドン　五句

藤咲かせキューガーデンに近く住む

ロンドンの虚子句碑囲む四葩かな

これしきの暑さ嘆くやロンドン子

友去りて一人のホテル明易し

闊歩する騎馬警官の爽やかに
降り立ちし祖国の炎暑ただならず

僅かなる砂地にもある蟻地獄

ツイードを着るマネキンへ大西日

水中に河馬片蔭に犀眠る

交野市神宮寺墓参　二句

ポンプ井を汲むが楽しき墓参かな

背伸びしてなほも届かぬ墓洗ふ

白萩の目立たぬを我好みけり

絞り出すごとき尻声鹿悲し

久に訪ふ直哉旧居の柿高し

摩天楼瞬時に隠す霧となる

離陸待つ飛機へと釣瓶落しの日

月今宵異国の町を明るうす

ホームズの住みゐし町のしぐれけり

築地塀隠れに鹿の鳴き止まず

意に染まぬらしく祭の馬荒るゝ

甲山さほど目立たず粧へり

何となく家族の集ふ夜長かな

空き部屋となりし書斎の夜寒かな

綿虫の飛ぶ邸門人を見ず

飴細工屋台に群るゝ七五三

主なき椅子に残され膝毛布

寒がりは父似早くも毛布出す

思はざる辺より手の伸び年の市

伝票を貼られたる河豚まだ動く

切るといふよりも叩きて河豚料る

さなくとも寒き市場に水撒かる

鍋囲む席一つ減り年暮るゝ

Ⅱ

平成二十六年

大神神社繞道祭　三句

除夜の空暗く巳の杉高きかな

火の匂ひ残し繞道祭果つる

繞道の火に陶酔の氏子かな

御降りに大和国原鎮もれる

車道にもはみ出し御慶述べにけり

残り福得んと人波笹の波

見台のよく磨かれて初芝居

作法とはもどかしきもの弓始

砂走らざる浜千鳥走りけり

綾部山梅林　三句

獣道らしきもありて梅探る

家島を指呼に海苔粗朶浮かべけり

梅林の広く句碑まだ見つけ得ず

ひたすらに寝るライオンに日脚伸ぶ

文明の利器なく修二会食作法

触れ太鼓大阪に春来たりけり

犀と岩見分けのつかず山笑ふ

宝塚市

行者山辺り最も霞みけり

陋巷の真中に涅槃したまへる

尼崎寺町　二句

工都にも読経流るる彼岸かな

啓蟄の蟻天上の龍知らず

添削のぴたり決まりて青き踏む

ドイツ・ロンドン　三句

舌を嚙みさうなドイツ語四月馬鹿

漱石の愁ひの分かる国の春

万朶なる花の国へと飛機降下

青畝の畝一字持つ山笑ひけり

山の辺の道たもとほる遅日かな

大三輪の広前に春惜しみけり

ボールペン掘串としたる防風掘り

何やかや蠢く干潟去りがたし

ひと齧りしてみる防風苦きかな

新緑を神官の白抜けにけり

異人館バスタブにまで緑さす

牡丹に埋もれさうに牡丹売る

花道を出づるがごときヨットかな

来し方を自問自答す峠の忌

鳥は啼き滝はただ落ち続けをり

修祓の儀に祭牛畏まる

奥多摩　四句

奥多摩へ緑いよいよ濃かりけり

梅雨あればこその祖国と思ひけり

一斉に回り出しさう山法師

杉高しむささびの巣のまた高し

ニューヨーク　三句

万緑に溶け込むごとく着陸す

セントラルパーク果てなく緑濃し

木下闇今飛ぶ赤はカーディナル

竹生島包むかなかなしぐれかな

竹生島意外に遠し船遊

この暑さ醒ヶ井宿を去りがたし

真黒な潜水艦に晩夏光

一湾を巡りて夏を惜しみけり

少しバタ臭き神戸に夏似合ふ

どこにでも端居できさう志賀旧居

横たはる矢田丘陵に天高し

電波塔指呼なる生駒涼新た

白毫寺萩に触れねば上れざる

何故に南蛮ギセル隠れ咲く
高取へ続く岨道鵙高音

鶏頭を咲かせ玄賓庵に住む

ひとり酔ひひとり醒めたる夜長かな

団栗を踏みて花嫁よろめきぬ

機長今富士冠雪のアナウンス

石叩男爵邸の庭叩く

思索にはほど良き小社萩惜しむ

御所広し紅葉三百六十度

色鳥来青畝の墓を訪ひたれば

平然と被写体となり尉鶲

オフィス街映画のごとく黄落す

にしんそば食べてかにかく忌を修す
沖の帆の輝く須磨の冬ぬくし

河豚捌く店に挟まれ花を売る

ゆつくりと揺れて牡蠣船客を飲む

黒壁の角屋綿虫白きかな

甲山まさに鉄鉢めき凍つる

泉源へ有馬の町の道凍つる

見えさうで見えぬ岩陰鴛鴦浮寝

ニューヨーク・ロンドン　四句

空の馬車並びて冬のニューヨーク

凍つる夜もマンハッタンの眠らざる

ティファニーの正面社会鍋を吊る

ロンドンの空に枯木のよく似合ふ

大三輪の隙間風とてありがたし

凍ててなほ鹿はぬた場を離れざる

見ずに済む物まで見せて池涸るゝ

案外に杵の重しや餅を搗く

Ⅲ

平成二十七年

寝惚け顔並べて雑煮祝ひけり

衛士小屋に正月飾りなかりけり

一人欠け初旅やはり物足らず

初祈禱我が名高々呼ばれけり

願掛けに二つ回りぬ初戎

鯛おまけされて福笹なほ撓る

司馬史観知りたく訪ふや菜の花忌

打ち寄する波見て飽かぬ遅日かな

ペン画とも見えゐる梅の瑞枝かな

ロンドン　三句

春風邪に籠る異国のホテルかな

異国とて囀耳に心地よし

テームズを挟む緑の濃かりけり

金色の納め火箸に春日燦

垂直の沙羅水平の寝釈迦かな

村長閑水車ひねもす回りけり

尼寺とて遊女も侍り雛会式

大阪都構想のビラ東風に舞ふ

風船に引かるるごとく子の駆くる

ニューヨーク　四句

春愁の去らずマンハッタン歩く

目印は木蓮セントラルパーク

まづテラス埋まる薄暑のニューヨーク

夕端居みなハドソンを向きにけり

毛馬の旧閘門高く古巣懸く

浅草　四句

芽柳の触るるや迷子しるべ石

仲見世の混みて平和や昭和の日

どぜう鍋抜きか丸かと問はれけり

万太郎荷風想ひて泥鰌鍋

孤高なる句碑あり一人静咲く

芽柳の先まで映し池凪げる
翼下なる祖国の山は万緑裡

長谷寺の朴に合ひけり峠の忌

札幌　三句

札幌の人ライラック教へくれ

冬長きこの地に花の溢れけり

青嵐北大の樹々翻弄す

ダムの青鉄橋の赤緑濃し

青葉越し見ゆるダム湖のなほ青し

十薬を見ん適塾の縁に坐し

動かざる蝌蚪見る子等の動かざる

納得の行くまで直す浮巣かな

菖蒲園歩板古きが良かりけり

梅雨深し路地にはパンを焼く匂ひ

魁夷画に囲まれ修す鑑真忌

ジャズ流れ神戸の夏至の日の暮れず
無造作に駒草咲かせ北に住む

緑蔭は部活の子等に譲りけり

歌にある楡の木陰に昼寝かな

翼下なる海茫々と夏の旅

本堂に捕虫網立て山の寺

漂流のビニールプール出水川

あつけなく鉾は解かれてしまひけり

すぐそこと書かれたる滝遠きかな

海と島橋とヨットや播磨灘

何かしらまくし立てられ炎天下

遅延など気にせず避暑の列車かな

気の毒なほどに睡蓮密生す

シャーレある林間学舎ビーカーも

目眩するほどに向日葵群生す

蟻地獄覗き訝しがられけり

降り立ちしケーブル駅は霧の中

直立の鶏頭数へやすきかな

南紀吟旅　五句

黒潮を彼方に椿実を落とす

根釣岩大敷網に遠からず

獣道めける暗きが根釣道

鷹渡れ海金剛の凪げる間に

大敷を浮かべて秋の海凪げる

けふの月映す盥の置かれけり

澄む水に河馬全身を見せにけり

西脇市俳句大会　二句

天高しバスは子午線目指しけり

野路菊を咲かせ闘竜灘吼ゆる

背伸ばせと妻に言はれて着ぶくるゝ

寒禽の連鎖反応して鳴ける

日陰れば夕霧の墓なほ寒し

ニューヨーク　四句

ブロンドの髪に黄落よく似合ふ

雪残るマンハッタンを馬車闊歩

ユダヤ髭冬眠の蛇指しにけり

老一人聖夜の町に背を向くる

Ⅳ

平成二十八年

烏帽子気にしつつ御慶や福娘

初句会我が意を得たる句にも合ひ

大神の大注連縄に初日さす

初糶の果てトロ箱の白目立つ

三ツ鳥居御簾上げ三輪に春来る

早春の池畔五感を研ぎ澄ます

沈黙の車両占むるや受験生

生飯投げを焚火煙の中に待つ

所化とても矜持保てる修二会かな

混沌の世へと地虫の出でにけり

虫の灯を詠みし文机春埃

青畝の句溢るる館あたたかし

春雨にほどよく湿る祖国かな

ルーペもて細工見せくる豆雛

缶ピース置く文机や玉骨忌
玉骨忌＝藤岡玉骨の忌日

玉骨の墓を訪ひ得し彼岸かな

積まれある箱みな煤け種物屋

種箪笥抽斗全て手書きなる

薬効を書かれて朴は芽を出づる

巣の淵に立つ禿鸛の指揮者めく

降臨の地に囀の降り止まず

これ以上見上ぐるは無理揚雲雀

巣箱懸け直哉旧居に近く住む

大干潟食物連鎖見せくるゝ

峠句碑訪ねし寺に春惜む

浜薄暑目当ての鳥にまだ合へず

大宮址回り切れざる薄暑かな

巣の雛を鳴かせ御饌田の静もれる

虫塚の辺に蟻地獄見当らず

練供養待つ掛橋の長きかな

手を貸してやりたや皮を脱ぐ竹に

殿橋の灯されゐたる夜涼かな

パーサーと俳句談義や飛機涼し

牡丹の挟む参道狭きかな

峠ゐるごとくに高く朴咲ける

靴ベラにあらず脱ぎたる竹の皮

大山山開　六句

五月雨の暗夜行路となりにけり

あるはずの木の下にあり落し文

つるでまり又つるでまり山近し

火の帯やいま大山の開かるゝ

山開き松明の列途切れざる

大山の北壁覆ふ霧となる

ボブディラン思ふダミ声行々子

当然のやうに鱧出す京の宿

吉野　三句

御料水とは山清水湧くところ

有馬にも似たる吉野を避暑散歩

蟬の声染み入りにけり潜居の間

宇治　三句

羽搏くも眠るも雨の鵜小屋かな

宇治なれや世界遺産に泉湧く
琴坂に入ればたちまち滴れる

納涼画見てゐて汗の引きにけり

夏館とはなり佐伯勇邸

数多吊る蠅取紙に蠅を見ず

子は遊具親は緑蔭探しけり

城崎・伊根　三句

原色にあらざるはなし砂日傘

旅装解く直哉愛せし避暑の宿

海風に勝るものなし烏賊を干す

通りにも虫の名付くる町は秋

根岸　三句

月給を記す子規墓碑秋日濃し

子規庵といへど鶏頭多過ぎる

俳誌の名連ぬる卒塔婆子規祀る

園巡るバスに触れさう乱れ萩

近寄れば白萩さほど白からず

伎芸天出でませ奈良の天高し

啼き止まぬ鹿に飛火野去りがたし

飛火野の隅のぬた場を鹿好む

紅葉早や法華尼寺の片隅に
さなきだに目立たぬ山を霧隠す

霧雨にほどよき濃さの紅葉かな

窯元のずらり丹波の秋高し

偕老の言葉少なく冬耕す

列柱の朱のみ宮址の冬ざるゝ

俳徒我れ群れなさぬ鴨好みけり

賢島　四句

灯台へ続く岨道虎落笛

木枯に糶声ちぎれ飛びにけり

浜焚火ほつたらかされなほ燃ゆる

隙間風さぞや海女小屋トタン張り

異国にて受くる訃報や星凍つる

一羽去り二羽去り冬木残さるゝ

青畝の句二十五回忌経て褪せず

見らるゝに倦み梟の顔見せず

孤高なる鶴に人間群れにけり

フラミンゴ片脚立ちをして凍てず
遠目にも段だら模様義士祭

まづ蕎麦を呼ばれ修すや義士祭

聖堂の広くストーブ二つのみ

聖壇は今リハーサル聖夜待つ

アッシジとモニカに祈る青畝の忌

クリスマス神父老いたり吾もまた

煤逃に博物館の広すぎる

V

平成二十九年

平凡のありがたさ知る去年今年

初旅の有馬源泉多きかな

有馬籠買うて初旅果てにけり

三ツ杉の浮かび来るや初点前

あらぬ辺へ投扇興の飛び続け

寒雀トランプタワー前に群れ

炉話に煙ますます高まりぬ

勅使道人入れしめず冴返る

紋四つ見せて番の尉鶲

独り居を詠む句の多く冴返る

彼方にはコンビナートや梅の園

食堂はすぐに閉め切る修二会かな

博多　六句

白魚食ぶ百の黒目に見つめられ

無造作に枡に掬ひて白魚売る

しらうをのまなこなまなましかりけり

胃の腑へと白魚一気に落ちにけり

青畝詠む長汀見えず冴返る

青畝句碑満峰句碑に春惜む

遥拝所奥を好みて孕み鹿

安乗　二句

くるつと背向けて潜くや徒人海女

やはり海好きと恙の海女潜く

サリーよく似合ふ神戸の街薄暑

二胡の音の涼し関帝廟なれば

札幌吟旅　七句

耕人に北の地余りにも広し

石狩の風に背を向け座禅草

ペケレット湖園過るや蟻の道

エゾと名の付くものの全て芽吹きけり

明日は去るリラ冷の町惜しみけり

芝青む北の地のリス人に馴れ

リラ冷やオンザロックの盃重ね

上向いて歩けと朴の花咲けり

ペンを以て浦島草の糸上ぐる

今少し休めばよきに行々子

純白のなんぢやもんぢやへ青嵐

大和郡山　三句

十五万石の城下へ乗込める

洗面器ずらりと並べ金魚糶る

一槽を千の金魚の赤く染め
避暑散歩気根に蹴躓きもして

舞洲スポーツアイランド　五句

繋留の船揺れ茅花流しかな

未来都市めく島目指すヨットかな

訓練のヘリに南風の容赦なし

白南風に纜ピンと張りにけり

埋立の島つなぐ橋灼けにけり

本能のまゝにあめんぼぶつからず

全身を矢とし鰺刺川に落つ

執筆の机そのまま峠の忌

峠忌や二足の草鞋まだ脱げず

郡上八幡　三句

門川に山女の泳ぐ郡上かな

夏の蝶郡上一揆の碑を去らず

義民碑に背を向け鮎の竿投ぐる

日盛にハーブは造花めきにけり

熊野・那智吟旅　六句

紀の国や川あれば人鮎を釣る

急流に屈みて囮鮎替ふる

夕立急大斎原に逃げ場なし

滝道は滑ると決まり我滑る

かつらぎの夏行としたり那智詣

熊野恋ひ三平師恋ひ夏果つる

噴水の白の薄まることあらず

上賀茂神社　三句

神事とは時間鷹揚秋暑し

立砂の崩れさうなる残暑かな

出社日と書かれ神馬の肥えにけり

思ひ草見本のやうに園に咲く

千塚も畝傍も丸く豊の秋

兵庫県福崎町

虫の声國男生家を包みけり

鳥見霊時　三句

蛇蝎とてめでたき霊時秋澄みぬ

霊時へは行けず拝所に秋惜む

ボケ封じ札に蓑虫ぶらさがる

霧晴れて王陵の谷現るる

捨扇一つ残され寄席果つる

秋深し寄席に人情噺聞く

似顔絵師手持ちぶさたに日向ぼこ

何もかも煤けゐる小屋炭を焼く

地酒などあらばと炉辺を囲みけり

句集　旅懐　畢

あとがき

この句集は、私の第三句集となります。二年前に、「かつらぎ」創刊九十周年に合わせて上梓した第二句集『祖国』には主宰を継承するまでの句を収めました。

今回の句集は、平成二十五年に父・森田峠から「かつらぎ」を継承主宰した時から五年間の句をまとめました。今年八月に「かつらぎ」が創刊千百号を迎えたこと、十月には奈良県桜井市の大神神社に峠と私の親子句碑が建立されるということを記念して上梓することといたしました。

句集名の「旅懐」は、晩唐の詩人、杜荀鶴の三体詩「旅懐」から得たものであり、「旅中のおもい」という意味合いの言葉です。峠から主宰を継いだ直後の数年間は、本業での海外事業の責任者として、主にニューヨーク、ロンドンへの出張を繰り返していました。句集前半の前書きに、この二つの都市名が頻繁に出るのはそのためであり、海外で仕事と共に句作せざるを得ない状況でした。

世界中どこにいようと、「かつらぎ」当月集をはじめ全国各支部の句会、総合誌の選句選評などは、締切を守らねばなりません。国内における句会、吟行などについては、副主宰である平田冬か氏、村手圭子氏の絶大なる協力、そして編集長でもある家内の教子のサポートによって何とかこなすことができました。「旅懐」には、この期間のそうした自身の軌跡を残したいという意味合いもこめました。

今年三月には、俳人協会の理事・関西支部長を任ぜられました。しかし、昨年初めに発生した新型コロナウイルスという人類全体にとっての新たな脅威は、俳句の世界にも大きな影響を与え始めています。これから先の世の中がどのように変化してゆくのか不透明な中、芭蕉翁の説いた「不易流行」の精神に依って俳人たちは実作を積み重ねてゆくしかないと思います。

本句集の刊行にあたり、角川文化振興財団の皆様の格別のご協力に心より感謝申し上げます。

二〇二一年九月

森田純一郎

著者略歴

森田純一郎

もりた・じゅんいちろう

昭和28年12月1日	大阪生まれ
昭和61年3月	「かつらぎ」入会
平成6年	「かつらぎ」同人
平成10年3月	「かつらぎ」新人賞受賞
平成14年	「かつらぎ」インターネット句会選者
平成14年7月	第一句集『マンハッタン』上梓
平成16年2月	「かつらぎ」首位賞受賞、特別同人となる
平成18年1月	「かつらぎ」一人一句選者（平成25年6月まで）
平成21年8月	「かつらぎ」副主宰就任
平成25年5月	「かつらぎ」主宰就任
令和元年6月	第二句集『祖国』上梓
令和3年2月	『森田峠全句集』編纂・発行
令和3年3月	公益社団法人俳人協会理事・関西支部長就任

公益社団法人俳人協会理事、大阪俳人クラブ常任理事、
兵庫県俳句協会常任理事、大神神社・住吉大社・今宮戎神社献詠選者、
みどう俳壇選者、西脇市俳句大会選者、尼崎文芸祭選者

住所　〒665-0022
兵庫県宝塚市野上4丁目8-22
メールアドレス：jaymorita961@gmail.com

句集　旅懐《りょかい》

初版発行　2021年10月20日

著　者　森田純一郎
発行者　宍戸健司
発　行　公益財団法人　角川文化振興財団
〒359-0023　埼玉県所沢市東所沢和田3-31-3
ところざわサクラタウン　角川武蔵野ミュージアム
電話 04-2003-8716
https://www.kadokawa-zaidan.or.jp/
発　売　株式会社　KADOKAWA
〒102-8177　東京都千代田区富士見2-13-3
電話 0570-002-301（ナビダイヤル）
https://www.kadokawa.co.jp/
印刷製本　中央精版印刷株式会社

ISBN978-4-04-884453-6 C0092

角川俳句叢書　日本の俳人100

青柳志解樹
朝妻　力
有馬朗人
安西　篤
伊丹三樹彦
伊藤敬子
伊東　肇
井上弘美
猪俣千代子
茨木和生
今井千鶴子
今瀬剛一
岩岡中正
尾池和夫
大石悦子

大串　章
大牧　広
大峯あきら
大山雅由
小笠原和男
小川晴子
奥名春江
小倉英男
落合水尾
小原啄葉
恩田侑布子
甲斐遊糸
加古宗也
柏原眠雨
加藤憲曠

加藤耕子
金箱戈止夫
神尾久美子
九鬼あきゑ
黒田杏子
小島　健
阪本謙二
佐藤麻績
塩野谷仁
柴田佐知子
柴田多鶴子
小路紫峡
鈴木貞雄
鈴木しげを
千田一路

高橋 将夫
田島 和生
棚山 波朗
辻 恵美子
坪内 稔典
出口 善子
手塚 美佐
寺井 谷子
名村早智子
鳴戸 奈菜
名和未知男
西村 和子
根岸 善雄
能村 研三
橋本 榮治
橋本美代子
藤木 倶子
藤本安騎生
藤本美和子
文挾夫佐恵
古田 紀一
星野 恒彦
星野麥丘人
松尾 隆信
松村 昌弘
黛 執
岬 雪夫
三村 純也
宮田 正和
武藤 紀子
村上喜代子
本宮 哲郎
森田純一郎
森田 峠
山尾 玉藻
山崎 聰
山崎ひさを
山田 貴世
山本比呂也
山本 洋子
依田 明倫
若井 新一
渡辺 純枝
ほか

（五十音順・太字は既刊）